Die junge **DaF** Bibliothek

Lara und Robby

Von Kathrin Kiesele
Mit Übungen von Jens Magersuppe
Illustriert von Jutta Wetzel

Cornelsen

Lara und Robby

Kathrin Kiesele
mit Übungen von Jens Magersuppe
und Illustrationen von Jutta Wetzel

Redaktion: Rebecca Syme, Franziska Gross
Layout und technische Umsetzung: Klein & Halm Grafikdesign, Berlin
Umschlaggestaltung: Ungermeyer – grafische Angelegenheiten, Berlin

Illustrationen und Karten
Jutta Wetzel, Siegburg: S. 4; S. 5; S. 7; S. 8; S. 11; S. 18; S. 19; S. 20; S. 22; S. 23; S. 27; S. 28; S. 29; S. 30; S. 31; S. 32; S. 34; S. 37; S. 38; S. 41; S. 43; S. 45; S. 49
Volkhard Binder, Telgte: S. 43

Emoticions
Shutterstock/Marish; Shutterstock/KittyVector; Shutterstock/Sylverarts Vectors; Shutterstock/Monkik

Fotografien
Cover li. Fotolia/Ljupco Smokovski; re. mauritius images/Johnér; S. 12 o. Berliner Verkehrsbetriebe/BVG/Oliver Lang; u. Oliver Bodmer; S. 13 o. Oliver Bodmer; u. Shutterstock/Peter Probst; S. 15 o. Shutterstock/Nieuwland Photography; u. Shutterstock/Antonio Gravante; S. 16 F1online /Westend61/Werner Dieterich; S. 17 Shutterstock/canadastock; S. 19 o. Shutterstock/Vitaliy Karimov; S. 20 Mi. Shutterstock/Helder Almeida; S. 22 Mi. Colourbox; S. 30 u. 49 o. Fotolia/Anton Gvozdikov; S. 32 u. Shutterstock/Photographee.eu; S. 38 u. Shutterstock/nikkytok; S. 48 o. li. Fotolia/Africa Studio; o. Mi. Fotolia/Janina Dierks; o. re. Shutterstock/Tiplyashina Evgeniya; u. li. Fotolia/ave_mario; u. Mi. Fotolia/Stockfotos-MG; u. re. Fotolia/sebra; S. 51 li. Fotolia/pathdoc; re. Fotolia/MSPhotographic

www.cornelsen.de

1. Auflage, 1. Druck 2017

© 2017 Cornelsen Verlag GmbH, Berlin

Druck: H. Heenemann, Berlin

ISBN 978-3-06-521293-9

Inhalt

1 Die Handynummer

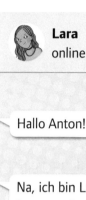

Lara
online

Anton
online

12.03., 21:40

Hallo Anton! Ich bin's, Lara. 😊

Wer bist du?

Na, ich bin Lara. Wir haben uns gestern kennengelernt, im Café Mozart.

Was? Ich kenne keine Lara. Und ich heiße nicht Anton.

Wie? Das verstehe ich nicht. Du hast mir doch deine Nummer gegeben?? Wie heißt du?

Ich heiße Robby.

Ach so. Vielleicht ist die Nummer falsch. 🙁

Ja, wahrscheinlich.

Entschuldigung! Dann tschüs Robby!

Ach so, warte mal bitte! Du hast „Café Mozart" geschrieben. Wohnst du auch in München??

Nein, ich wohne in Berlin.

Ist ja lustig. Hier gibt es auch ein Café Mozart. ☺ Da gehe ich gern hin.

Das ist echt lustig. Sag mal, wie alt bist du? Oder: Wie alt sind Sie?

Ich? Ich bin 15 Jahre alt. Und du?

Ich bin auch 15!

Ah! ☺ ☺ ☺

Na dann: Gute Nacht!

Ciao und gute Nacht! 🍪

2 Guten Morgen

 Lara
online

 Anton
online

13.03., 07:48

Hey! Guten Morgen! Das war lustig gestern. 😊

Ja, sehr! Wie geht's? Hast du gut geschlafen?

Na ja, es geht. Ich bin noch ein bisschen müde.

Bist du schon in der Schule?

Nein, in der U-Bahn. Ich habe keine Lust auf Schule. 😴
Das ist ein schönes Profil-Foto. Bist du das?

Ja, genau[1], das bin ich. Und du bist ein Seepferdchen? 😊

Ha ha, nein, ich bin ein Mensch. Aber ich schwimme sehr viel.
Oh du, ich muss aussteigen! Bis später!

1 genau: richtig!

8

Ja, bis später! Ich schreibe jetzt mal deinen echten Namen in mein Adressbuch – hier steht immer noch „Anton". 😊

 Lara
online

 Robby
online

10:15

Hi Robby! Ich habe gerade Kunst. Sooo langweilig! Welches Fach hast du gerade?

19:04

Hallo Lara! Hast du dein Handy in der Schule an?? Wir dürfen das nicht.

Pff, dürfen, dürfen, müssen, sollen! Ich will aber! Na ja, meistens mache ich das Handy aus. Aber in Kunst …

Magst du Kunst nicht?

Nein, überhaupt nicht[2]! Ich finde dieses Fach sehr langweilig. Und du?

2 überhaupt nicht: gar nicht; das Gegenteil von „sehr"

Ich finde Kunst okay. Kunst ist sehr wichtig in meiner Familie, weißt du. Meine Mutter ist Architektin. Sie kann sehr gut zeichnen, und manchmal gehen wir zusammen ins Museum.

Wow! Dann kannst du sicher auch gut zeichnen?

Es geht so.
Hast du eigentlich Geschwister?

Ja, ich habe einen Bruder, Paul. Er ist 18 und macht bald Abitur.
Und du – hast du Geschwister?

Ja, ich habe zwei jüngere Schwestern. Francesca ist 13 Jahre alt und Stella 11.

Sind die Namen italienisch?

Ja. Meine Mutter ist Italienerin. Ich heiße eigentlich Roberto.

Und dein Vater ist Deutscher?

Ja. Ich sehe ihn nicht oft. Meine Eltern sind geschieden[3].

Das ist traurig, tut mir leid. 😟

---

3   geschieden: nicht mehr verheiratet

Ist schon okay. Und deine Eltern? Was machen sie von Beruf?

Meine Mutter ist Lehrerin für Bio und Geschichte.
Aber nicht an meiner Schule!! ☺

Und dein Vater?

Mein Vater ist Polizist. Er arbeitet bei der Kriminalpolizei.

Cool!

Na ja, schon. Aber er ist sehr streng⁴. Er sagt immer: Das ist zu gefährlich⁵ und das ist zu gefährlich und das und das und das. Ich finde das blöd.

Oh …

Ich muss aufhören⁶! Mein Vater ist gerade nach Hause gekommen, wir essen, und er mag Smartphones nicht. Er findet sie gefährlich …

---

4   streng: hart sein; viele Regeln haben
5   gefährlich: Gefahr bringend; nicht sicher
6   aufhören: stoppen; ein Ende machen

3 Meine Stadt

 Lara
online

 Robby
online

16.03., 14:21

Hi Robby! Kommst du auch gerade aus der Schule?

Nein, ich fahre zum Training in die Schwimmhalle. Und was machst du?

Ich fahre nach Hause. Ich warte gerade auf die U-Bahn …

Wie langweilig! Ist die U-Bahn in Berlin auch blau?

Blau?? Nein, sie ist gelb. Total schön. Eure U-Bahn ist sicher nicht so schön. ☺

Das glaube ich nicht. Das will ich sehen!

Okay, ich schicke dir heute Abend ein Bild. Muss einsteigen, bis später!

18:27 Uhr

So, das ist unsere U-Bahn! Na, was sagst du?

Okay, die ist nicht schlecht. 🙂 Warte, hier ist unsere ...

Schön, aber mir gefällt gelb besser. 🙂
Ist da ein Vogel⁷ auf der Bahn?

Vogel??? Pfffff, du bist ja verrückt! Das ist unser Stadtwappen. Das „Münchner Kindl". Hier, schau ...

7   der Vogel: ein Tier. Es kann fliegen.

Das ist ja süß! Das ist ein Mönch[8], oder?
Und auch ein Kind?

Ja, genau.

Unser Stadtwappen ist der Bär:

Ich weiß, den kenne ich. Aus der
Tagesschau[9]. 😊

Der ist auf ganz vielen Sachen, auch auf
meinen Schulzeugnissen[10]. Und auf der
Polizeiuniform meines Vaters.

8   der Mönch: sehr religiöser Mann, lebt oft im Kloster
9   die Tagesschau: tägliche Nachrichtensendung im deutschen
    Fernsehen
10 das Zeugnis: Zweimal im Jahr bekommen Schüler ein Zeugnis. Darin
    steht für jedes Schulfach eine Note.

Cool! Ich mag Bären.
Du warst noch nie in München, oder?

Nein. Du in Berlin?

Nein, auch nicht. Wollen wir uns später ein paar Fotos schicken? Ich muss jetzt zum Abendessen, meine Mutter ruft gerade.

Alles klar, machen wir. Bis dann!

19:45

Hey, hier bin ich wieder.

Hat's geschmeckt?

Na klar! Wir haben Minestrone gegessen. Sehr lecker[11]! 😊
Meine Mutter kann echt gut kochen.

😊 Meine auch. Was ist Minestrone?

Das ist eine italienische Suppe mit viel Gemüse.

Klingt lecker. 😊
Ich habe jetzt ein paar Fotos gesucht.

Super! Ich bin gespannt[12].

---

11 lecker: sehr gut schmecken (Essen)
12 gespannt: (hier:) neugierig

Also, das ist das Wahrzeichen[13] von Berlin, der Fernsehturm. Den kennst du sicher.

Ja. Ziemlich cool.

In der Kugel[14] ist ein Restaurant.

Echt? Warst du mal da?

Nein. Du kannst mich ja mal besuchen, und dann gehen wir zusammen hin! ☺

☺ Schau, das ist unser Wahrzeichen, die Frauenkirche. Sie ist schon fast 800 Jahre alt.

13 das Wahrzeichen: ein Symbol einer Stadt
14 die Kugel: Ein Ball ist eine Kugel.

Schön, oder?

Ja, total schön! Ist sie im Stadtzentrum?

Ja, genau. Da ist auch das Rathaus[15]. Und ein Café mit ganz leckerem Kuchen. Du besuchst mich, und wir gehen hin, okay?

Unbedingt! ☺ Und was ist dein Lieblingsort[16] in München?

Mein Lieblingsort ist an der Isar. Die Isar ist ein Fluss. Im Sommer ist es da besonders schön. Man kann Rad fahren, baden und sogar surfen!

Surfen im Fluss??

Ja! Hier ist ein Foto:

Echt toll! Superschön. Das ist ja wie in den Ferien!

15 das Rathaus: Im Rathaus sitzen die Politiker einer Stadt.
16 der Ort: Platz; Stelle

☺ Und jetzt dein Lieblingsort, bitte.

Hm ... Ich glaube, am liebsten bin ich auch am Wasser. Wir haben hier auch einen Fluss, der heißt Spree. Moment ...

Hier siehst du die Spree und hinter der Spree den Fernsehturm. Und links ist ein Park mit einer kleinen Strandbar. Da kann man im Sommer in einem Liegestuhl sitzen, aufs Wasser gucken und Cola trinken. Das ist super!

Nicht schlecht! Bist du oft in der Strandbar?

Ja, in den Schulferien schon.

Die Strandbar ist also dein Lieblingsort?

Na ja, eigentlich ist mein Sofa mein Lieblingsort. ☺

4 Mein Hobby, mein Job

 Lara
online

 Robby
online

19.03., 10:40

Guten Morgen, schöne Frau! 😊 Wie geht's?

Mmmm, ich bin so müde! 😴 Ich habe gestern sehr lange gearbeitet.

Gearbeitet??

Ja, ich bin Babysitterin, das ist mein Schülerjob. Unsere Nachbarn haben zwei kleine Töchter. Gestern waren die Eltern im Kino, und da habe ich auf die Kleinen aufgepasst. Dafür bekomme ich ein bisschen Geld.

Ach so, cool. Sind die nett, die kleinen Mädchen?

Ja, sie sind süß. Ich schicke dir ein Foto.

Oh ja, die sehen lieb aus!

Ja, total. Aber gestern waren sie überhaupt nicht müde! Sie haben immer gesagt: „Lies uns noch ein Buch vor! Bitte, bitte!" Das war anstrengend[17].

Hast du auch einen Schülerjob?

Nein, jetzt nicht mehr. Früher schon. Unsere Nachbarin ist sehr alt, weißt du, schon 92 Jahre. Sie kann nicht mehr gut laufen. Und sie hat einen Hund. Der läuft aber sehr gern!! 🐨 😊 Also bin ich mit ihm spazieren gegangen. Unsere Nachbarin hat mir dann zum Dank 5 € oder Schokolade gegeben, das war sehr nett. Aber jetzt habe ich keine Zeit mehr.

Weil du so viel schwimmen gehst?

17 anstrengend: schwierig; viel Arbeit

Genau.

Ach so, du schreibst „schöne Frau":
Ich weiß ja immer noch nicht, wie DU
aussiehst! Schickst du mir bitte ein Foto?

Na gut. Aber Achtung! Meine Haare sind
grün, meine Augen sind rot, und ich habe
drei Arme. ☺

Ha ha ha 👽 Na mach schon.

Du bist der Junge in der Mitte?

Ja.

Du siehst nett aus! Und deine Haare sind
nicht grün.
Wo ist das?

Das ist vor der Olympia-Schwimmhalle,
nach dem Training.

Ist Schwimmen dein Hobby?

Ja. Aber es ist mehr als ein Hobby. Ich möchte Profi[18]-Schwimmer werden.

Echt? Du trainierst viel, oder?

Ja, ich trainiere 5x die Woche. Am Nachmittag oder am Abend, meistens mit Carlo, das ist mein Trainer. Am Wochenende habe ich manchmal Wettkämpfe[19].

Ui! Hast du schon mal gewonnen?

Ja. Und ich möchte nächstes Jahr auf eine Sportschule gehen. Das ist ein Gymnasium, aber dort gibt es ganz viel Sportunterricht. Es ist ein Internat.

Ein Internat? Also wohnst und schläfst du dort??

Ja. Und es ist in Leipzig. Das ist ziemlich weit weg von München. Fünf Stunden mit dem Zug.

Gibt es keine Sportschule in Bayern?

Doch, schon. Aber mein Trainer sagt, dass die Schule in Leipzig am besten ist. Er war auch dort.

18 der Profi: jemand, der etwas professionell (als Beruf) macht
19 der Wettkampf: Viele Sportler kämpfen gegeneinander, nur einer kann gewinnen.

Was sagt deine Mutter dazu??

Sie findet die Idee nicht so gut.

Das verstehe ich!

Machst du auch Sport?

Nicht so viel wie du. Aber ich fahre sehr gern Inlineskates. Zusammen mit meiner Freundin Marie. Und ich tanze.

Das macht bestimmt Spaß! Das sieht man an euren Gesichtern.

Ja, aber man muss aufpassen: Marie hat sich beim Inlineskaten letztes Jahr ein Bein gebrochen.

Oh je! Das tut mir leid.

Aber jetzt fährt sie wieder total schnell! ☺

5 Der Brief

	Lara online		**Robby** online

23.03., 17:10

Lara, heute habe ich Post aus Leipzig bekommen!

Von der Sportschule?

Ja, genau. Sie laden mich zu einer Aufnahmeprüfung[20] ein.

---

20 die Aufnahmeprüfung: ein Test. Man muss ihn schaffen, dann darf man die Schule besuchen.

Und was musst du da machen?

> Also erst gibt es ein Gespräch, dann eine Untersuchung beim Arzt, und dann muss ich schwimmen …

Aber woher wissen die von dir??

> Ach so … Also, ich habe zusammen mit meinem Trainer Carlo eine Bewerbung[21] an die Schule geschickt. Meine Mutter weiß das aber nicht (und Carlo weiß nicht, dass meine Mutter nichts weiß) – also sag ihr nichts!

Ha ha! Ich habe deine Mutter ja noch nie gesehen. Aber ich überlege[22] es mir … Was bekomme ich für mein Schweigen[23]? 😊

> Schokolade!

Das ist nicht genug!

> Schokolade und 5 €?

Das ist auch noch nicht genug. 😊

21 die Bewerbung: Wenn man eine Arbeit sucht, muss man eine Bewerbung schreiben.
22 überlegen: „Was ist 24 x 7?" – „Warte, ich muss kurz überlegen … Es ist 168!"
23 das Schweigen: nichts sagen, nicht sprechen

Pfff! Na dann: die Schokolade, 5 € und einen Kuss von mir? 😘

Okay, das ist fair. 😊
Wann ist die Prüfung denn?

In drei Wochen, am 14.04.

Bist du aufgeregt?

Ehrlich gesagt: ja. Sehr ... 😟

Also fährst du für die Prüfung nach Leipzig?

Ja, natürlich!

Du musst deiner Mutter alles sagen.

Ich weiß ...

Meine Tante wohnt in Leipzig. Tante Sabine, sie ist sehr nett.

Ja, und?

Na ja, vielleicht möchte ich sie am 14.04. besuchen? Da haben wir Osterferien. Und Leipzig ist nicht sooo weit weg von Berlin.

Ah! 😊 😊 😊

Dann kann ich dir die Daumen drücken[24].

---

24 jemandem die Daumen drücken: jmdm. Glück wünschen

Das ist eine tolle Idee!

Dauert die Prüfung lange?

Na ja, ich soll über Nacht in der Sportschule bleiben. Es gibt ja auch noch einen Fitnesstest und Gespräche und so.

Aber das ist ja super! Am 15.04. habe ich Geburtstag. 😊

Wow! Dann können wir zusammen deinen Geburtstag in Leipzig feiern, das ist ja cool! 😊 Aber glaubst du, dass deine Mutter das erlaubt?

Mal sehen. Ich bin dann ja schon 16!

Du, Lara?

Ja?

Ich freue mich, dass ich mit dir über alles sprechen kann.
Eigentlich[25] kennen wir uns ja gar nicht.

😶 Ja, das ist richtig. Ich finde das auch schön.

25 eigentlich: wirklich; in Wirklichkeit

6 Schweigen

Lara
online

Robby
offline

25.03., 14:21

Hi Robby!

16:30

Robby? Bist du da?

26.03., 15:34

Robby, was ist denn los[26]? Sprichst du
nicht mehr mit mir?

27.03., 07:55

Alles okay bei dir? Geht es dir gut??

---

26 los sein: passieren. Was ist los? = Was ist passiert? / Was hast du?

Lara
online

0152 872 10 79
online

27.03., 19:48

Hallo Lara!

Hallo, wer ist da?

Na, ich bin's, Anton! Du hast mir ja nie geschrieben!

Ach je, Anton!

Wir haben uns vor zwei Wochen im Café Mozart getroffen …

Ja, ja, ich weiß! Ich habe dir auch geschrieben, aber…

Was? Ich habe nie eine Nachricht von dir bekommen!

Ja, das will ich dir ja gerade erzählen.

Ich bin gespannt …

Na ja, ich habe einen Fehler gemacht.

Ich habe deine Nummer in mein Handy getippt[27], aber da habe ich die Zahlen „7" und „1" verwechselt[28]. Dann habe ich an diese falsche Nummer geschrieben. Sie ist von einem anderen Jungen, aus München.

Ts, ts, ts – Frauen und Technik! Na, wie sieht's aus, gehen wir mal wieder einen Kaffee trinken?

20:06

Lara?

Ich überlege es mir. 😊

Lara
online

Robby
online

28.03., 14:15

Robby??

Hey Lara! Sorry, es geht mir nicht so gut.

Was ist denn los?

27 tippen: auf einem Computer/Smartphone schreiben
28 verwechseln: „Meine Schwester und ich sehen fast gleich aus. Viele Leute verwechseln uns."

7 Das neue Kleid

 Lara
online

 Robby
offline

30.03., 18:10

Es tut mir leid, dass es dir nicht gut geht.
Ich schicke dir gleich ein Foto, vielleicht
kannst du dann lachen.

Meine Freundin Tessa und ich waren
shoppen. 😊 Wie findest du unsere
Kleidung?

Lara
online

0152 872 10 79
online

30.03. 20:06

Hi Lara! Möchtest du am Samstag mit mir ins Kino gehen? LG[29] Anton

Hallo Anton! Danke, das ist nett. Aber nein, ich möchte nicht mitkommen.

Hm, schade. Kaffee?

Auch nicht, sorry. Tschüs Anton!

Lara
online

Robby
online

20:55

Hi Lara! Eure Sachen sind echt cool! 😊 Der Hut gefällt mir am besten. 🎩 😊

Und die Stiefel? 👢

Auch super! Aber sag mal: Habt ihr die Sachen wirklich gekauft??

29 LG: Liebe Grüße (in E-Mails und SMS)

Nein, natürlich nicht. 😏 Das war nur Spaß. Wir verkleiden[30] uns gern.

Ach soooo! Ich habe gedacht, du ziehst diese Stiefel wirklich an, auch in der Schule. 😊

Oh nein!

Habt ihr denn auch etwas gekauft? Oder habt ihr euch nur verkleidet?

Ja, ich habe ein Kleid gekauft und Tessa einen Rock. Der Frühling kommt ja jetzt.

Das möchte ich sehen!

Tessas Rock?

Nein, Tessas Rock ist mir egal. Aber ich möchte dein Kleid sehen!

Na gut. Ich ziehe es an und mache ein Foto. Warte kurz, bitte …

30 sich verkleiden: An Fastnacht/Karneval verkleiden sich viele Menschen (z.B. als Clown, als Cowboy, als Prinzessin usw.)

Oh wow, das sieht super aus!!! Sehr schön! Ich mag dein neues Kleid. 😊

Dankeschön! 😳
Warum warst du denn so traurig?

Ach …
Moment, Francesca fragt mich gerade etwas. Ich schreibe dir gleich, ja? Eine Minute bitte!

8 Eine schlechte Nachricht

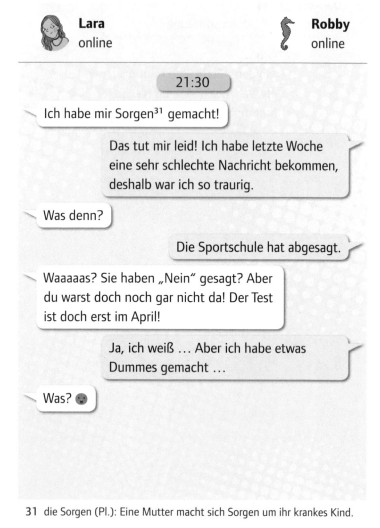

Lara
online

Robby
online

21:30

Ich habe mir Sorgen³¹ gemacht!

Das tut mir leid! Ich habe letzte Woche eine sehr schlechte Nachricht bekommen, deshalb war ich so traurig.

Was denn?

Die Sportschule hat abgesagt.

Waaaaas? Sie haben „Nein" gesagt? Aber du warst doch noch gar nicht da! Der Test ist doch erst im April!

Ja, ich weiß … Aber ich habe etwas Dummes gemacht …

Was? 😱

---

31 die Sorgen (Pl.): Eine Mutter macht sich Sorgen um ihr krankes Kind.

Na ja, du weißt doch: Meine Mutter möchte nicht, dass ich auf die Sportschule gehe …

Ja, genau, das hast du geschrieben.

Auf der Bewerbung für die Sportschule müssen die Eltern aber unterschreiben[32].

Und das möchte deine Mutter nicht?

Bestimmt nicht! Ich habe sie gar nicht gefragt. Ich habe ihre Unterschrift gefälscht[33].

Du hast selbst unterschrieben??

Ja. 😕

Hat die Schule etwas gemerkt[34]?

Nein, das nicht. Aber sie haben meine Mutter angerufen …

Oh nein! 😨 So ein Mist!

Ich sage dir: Meine Mutter war TOTAL böse auf mich! 😬

---

32 unterschreiben: den eigenen Namen schreiben, z.B. in einem Brief
33 eine Unterschrift fälschen: mit einem falschen Namen unterschreiben
34 etwas merken: „Ich merke, dass es dir nicht gut geht. Was ist los?"

Das kann ich verstehen. Aber es tut mir so leid für dich! 😔

Meine Mutter hat drei Tage kein Wort mit mir gesprochen. Deshalb habe ich dir nicht mehr geschrieben. Ich war so traurig.

Kein Problem. Das verstehe ich doch! Also jetzt verstehe ich es.
Aber was ist nun? Ist dein Traum geplatzt[35]?

Nein, zum Glück nicht.

Oh, gut!!
Schreibst du mir das bitte morgen? Ich will alles wissen, aber gerade ist mein Vater in mein Zimmer gekommen und hat gesagt, dass ich jetzt schlafen soll. Tut mir leid.

Okay, kein Problem.
Gute Nacht Lara! 🌙

Gute Nacht Robby! 🍪🍪

---

35 ein Traum platzt: Ein großer Wunsch „geht kaputt".

9 Happy End?

 Lara
online

 Robby
online

31.03., 07:30

Guten Morgen Robby! Jetzt möchte ich bitte deine Geschichte zu Ende hören. Was ist noch passiert?

Ja, also ich war sehr traurig, und meine Mutter war sehr böse.
Zuerst war es ganz schlimm: Meine Mutter hat überlegt, mir das Schwimmen zu verbieten! Sie ist zu meinem Verein gegangen und wollte mich abmelden.

Abmelden?? Dann bist du nicht mehr in dem Verein? Das ist aber hart!

Ja. Aber im Verein hat sie dann Carlo getroffen.

Deinen Trainer?

Genau.

Und dann hat er meiner Mutter gesagt, dass ich sooo toll schwimmen kann und unbedingt auf die Sportschule gehen soll. Ich glaube, sie haben lange gesprochen.

Hat deine Mutter ihm gesagt, dass du die Unterschrift gefälscht hast?

Nein, das hat sie ihm nicht gesagt. Das war nett. Sie hat mich dann auch nicht beim Schwimmverein abgemeldet.

Zum Glück! Und danach?

Sie hat am nächsten Abend den Keller[36] aufgeräumt. Dort hat sie viele alte Fotos gefunden – und Medaillen von mir, von Schwimmwettbewerben.

Bist du das? 😊 Süß!

36 der Keller: Er ist unter dem Erdgeschoss.

Ja. Mit den Sachen ist sie zu mir gekommen, und wir haben sehr lange geredet. Am Ende hat sie gesagt: „Vielleicht habe ich gar nicht gewusst, dass das Schwimmen SOOO wichtig für dich ist."

Sie hat wahrscheinlich gedacht, Schwimmen ist nur dein Hobby, oder?

Ja, genau.
Aber sie erlaubt mir jetzt, nach Leipzig zu fahren – sie kommt sogar mit! Sie hat in der Schule angerufen und alles erklärt. Jetzt darf ich doch die Prüfung machen.

Wow! Das ist echt nett! 😊

Das stimmt. Jetzt muss ich mich aber SEHR anstrengen[37] und richtig gut sein bei der Prüfung!

Ach, das schaffst[38] du sicher!

😶 Aber meine Mutter sagt erst Ja, wenn sie die Schule gesehen hat und gut findet.

Na, das ist doch klar[39]! Sonst ist sie eine schlechte Mutter. Sie möchte das Beste für dich.

---

37 sich anstrengen: „Er gibt alles / 200%. Er strengt sich sehr an."
38 etwas schaffen: „Ich kann 20 Kilometer joggen – schaffst du das auch?"
39 klar: *hier:* logisch, richtig

Wann fährst du nach Leipzig?

Der Termin bleibt gleich. Der 14. April.
Meine Mutter und ich fahren am 13. hin,
es ist ja weit.

Der 14. ist ein Freitag.

Ja. Der Tag vor deinem Geburtstag.
Kommst du mit nach Leipzig?

Heute Abend frage ich meine Eltern, dann
schreibe ich dir, ja?

Gut! Ach, noch etwas: Meine Mutter sagt,
dass du hübsch aussiehst. ☺

Aber sie kennt mich doch gar nicht?

Ich habe ihr von dir erzählt und ihr dein
Foto gezeigt.

Oh! Mein Bruder kennt dich auch schon. ☺

Wirklich? Und was sagt er?

Er findet, dass du nett aussiehst.

Oh, danke! Zum Glück. ☺

10 Auf nach Leipzig!

 Lara
online

 Robby
online

31.03., 20:34

Hallo Lara, bist du da? Hast du deine Eltern gefragt??

Ja. Und sie sind einverstanden[40]! ☺ ☺ ☺ Und Tante Sabine auch. ☺

Supercool! Ich freue mich!

Wir haben schon eine Zugfahrkarte im Internet gekauft. Tante Sabine möchte, dass ich am Donnerstagabend da bin. Am Montag fahre ich zurück. Wann bist du denn fertig mit der Prüfung?

Ich denke, so um 14 Uhr am Freitag. Dann können wir uns gleich danach zu einem Kaffee treffen – meine Mutter möchte uns einladen. ☺

40 einverstanden sein: Ja sagen

Oh, das ist nett, das machen wir! Ich freue mich, deine Mutter kennenzulernen! Und ich frage Tante Sabine, wo es ein schönes Café gibt.

Prima, danke!

Ich muss jetzt zum Abendessen. Aber wir sehen uns ja schon bald!

Ja, in zwei Wochen schon!!

Ich freue mich sehr. ☺

Ich auch! ☺ Und jetzt: Guten Appetit!

Orte der Handlung

Lara

Anton

Sportschule

Robby

Übungen

Kapitel 1

1 Richtig oder falsch? Kreuz an.

	r	f
a) Anton hat Lara seine richtige Nummer gegeben.	☐	☐
b) In München und Berlin gibt es ein Café Mozart.	☐	☐
c) Robby kommt aus Berlin.	☐	☐
d) Lara und Robby sind Jugendliche im selben Alter.	☐	☐

2 Lara duzt Robby, aber sagt einmal Sie zu ihm. Warum? Kreuz die richtige Antwort an. Es gibt mehrere Möglichkeiten.

a) Lara dachte, Robby ist vielleicht schon erwachsen. Und wenn man Erwachsene nicht kennt, siezt man sie. ☐

b) Mädchen dürfen Jungen nicht sofort duzen. ☐

c) Später weiß Lara, dass Robby auch ein Jugendlicher ist. Und Jugendliche und Kinder duzen sich. ☐

d) Wenn man nicht in der gleichen Stadt wohnt, siezt man sich immer. ☐

Kapitel 2

3 A   Was passt zusammen? Ergänz die Sätze mit den passenden Wörtern.

> Abitur · Deutschland · Francesca · Italien · Lehrerin ·
> Museum · Polizist · Stella · streng ·.verheiratet

a) Die 11-jährige Schwester heißt _____.

b) Die Mutter kommt aus _____.

c) Der Vater ist _____ von Beruf.

d) Der Bruder macht bald sein _____.

e) Der Vater kommt aus _____.

f) Die 13-jährige Schwester heißt _____.

g) Die Mutter arbeitet als _____.

h) Der Vater ist sehr _____.

i) Die Eltern sind nicht mehr _____.

j) Mutter und Kind gehen manchmal ins _____.

3 B   Zu wem passen die Sätze aus 3 A? Lara oder Robby? Schreib die Buchstaben aus 3 A zum Profilbild von Lara oder Robby.

Lara	Robby

Kapitel 3

4 **Berlin und München: Was passt zu welcher Stadt?**
Ordne zu.

> Bär · blaue U-Bahn · Fernsehturm · gelbe U-Bahn ·
> Isar · Frauenkirche · Mönch · Spree ·
> Strandbar · surfen im Fluss

München	Berlin

5 **Was ist richtig, was ist falsch?**
Korrigier die falschen Sätze.   r   f
a) Die Mütter von Robby und Lara sind   ☐   ☐
   gute Köchinnen.
b) Robby geht gern in eine Strandbar.   ☐   ☐
c) Die Frauenkirche ist nicht in der Stadtmitte. ☐ ☐
d) Der Lieblingsort von Lara ist ihr Sofa. ☐   ☐

Kapitel 4

6 **Welche Zusammenfassung ist die richtige? Kreuz an.**

a) Lara ist Babysitterin von Beruf. Da passt sie auf ☐
   die Kinder ihrer Nachbarn auf. Robby geht oft
   mit dem Hund seiner alten Nachbarin spazieren.
   Sie ist schon über 100 Jahre alt.

b) Lara jobbt als Babysitterin. Sie passt auf den ☐
   Sohn ihrer Nachbarn auf und bekommt etwas Geld
   dafür. Robby geht mit dem Hund seiner Nachbarin
   spazieren, aber der Hund kann nicht gut laufen.

c) Lara passt manchmal auf die Töchter ihrer Nach- ☐
   barn auf und verdient dabei etwas. Robby ist
   früher mit dem Hund seiner alten Nachbarin
   spazieren gegangen. Sie hat ihm dann Schokolade
   und Geld geschenkt.

7 **Mehr als ein Hobby. Vervollständige die Sätze.**

a) Robby möchte gern P_____i-Schwimmer werden.

b) Carlo ist sein T_____ r.

c) Robby hat manchmal W_____e am
   Wochenende.

d) Nächstes Jahr möchte er auf ein I_____t
   gehen. Es liegt in L _____g.

Kapitel 5

8   **Welche Bilder passen? Ordne die Ausdrücke a-f
      den Bildern zu.**

a) aufgeregt sein   d) das Schweigen
b) das Gespräch   e) die Daumen drücken
c) die Bewerbung   f) Ostern

9   **Was passiert wann?**
     Bring die Handlung in die richtige Reihenfolge.

a) Robby muss seiner Mutter alles sagen.

b) Robby hat Post von der Sportschule bekommen.

c) Lara und Robby wollen zusammen ihren
   Geburtstag feiern.

d) Er will am Internat eine Aufnahmeprüfung
   machen.

e) Er hat mit seinem Trainer eine Bewerbung
   losgeschickt.

Kapitel 6

10 Was ist richtig? Kreuz die richtige Antwort an.

a) Lara bekommt zuerst eine Nachricht von ☐ Anton.
☐ Robby.

b) Lara hat keine Nachricht ☐ an Anton geschickt.
☐ von Anton bekommen.

c) Lara hat ☐ eine falsche Handynummer bekommen.
☐ eine falsche Zahl getippt.

d) Lara ☐ geht mit Anton einen Kaffee trinken.
☐ geht wahrscheinlich nicht mit Anton
Kaffee trinken.

Kapitel 7

11 Anton möchte Lara treffen. Wie ist ihre Reaktion?
Schreib einen Satz.

_____

12 A Wie heißen die Kleidungsstücke? Schreib die Wörter
an das Bild. Der Text hilft.

12 B Welche Namen für Kleidungsstücke kennst du noch?
Schreib sie an das Bild.

Kapitel 8

13 **Wie war die Geschichte? Finde in dem Chaos Sätze aus dem Kapitel.**

a) Lara: Ich BHNHABETAUMIRSPASORGENÜAGE-
MACHTUB.

_____

b) Robby: Die KUSPORTSCHULEHUHATÄABGESAGTÜE.

_____

c) Robby: Ich HABETIDEIVIHRETFZUNTERSCHRIFTE-
ROMREGEFÄLSCHT.

_____

d) Lara: Hat KLDIEBZSCHULEUETWASYDGEMERKTKJ?

_____

e) Robby: Meine TZMUTTEREWWARNUTOTALSRUIBÖ-
SEKNAUFZJMICHN.

_____

f) Robby: Ich ÄGHWARHGPÖLSOWQTRAURIGAI.

_____

g) Lara: Ist WEDEINSQZTRAUMOHTGEPLATZTÖBV?

_____

Kapitel 9

14 A Carlo und Robbys Mutter unterhalten sich. Wer sagt was? Verbinde die Sprechblasen ⌐◯ mit der richtigen Person. Zwei Sprechblasen stimmen nicht und bleiben übrig.

a) „Ich habe Robby beim Schwimmverein abgemeldet."

b) „Robby kann wirklich sehr gut schwimmen."

c) „Ich möchte erst die Sportschule sehen."

d) „Robby hat die Unterschrift gefälscht."

e) „Er sollte unbedingt auf die Sportschule gehen."

f) „Ich wusste nicht, dass Robby Schwimmen so wichtig ist."

g) „Ich fahre auch mit nach Leipzig."

14 B Wichtige Tage. Welche Termine stehen im Kalender? Ordne zu.

Laras Geburtstag · Aufnahmeprüfung an der Schule · Fahrt nach Leipzig		
13. April	**14. April**	**15. April**

Kapitel 10

15 Ergänze die Sätze. Der Text hilft.

a) Im Internet haben sie eine

__ __ __ __ __ __ __ __ __ __ __ gekauft.

b) Am __ __ __ __ __ __ __ fährt Lara zurück.

c) Robbys Mutter möchte alle zu einem

__ __ __ __ __ __ einladen.

d) Lara kann in Leipzig Robbys Mutter

__ __ __ __ __ __ __ __ __ __ __ __ .

e) Lara fragt ihre Tante, wo es ein schönes __ __ __ __
gibt.

Lösungen

Kapitel 1
Ü1 a) r   c) f
    b) r   d) r
Ü2 a), c)

Kapitel 2
Ü3A a) Stella   f) Francesca
    b) Italien   g) Lehrerin
    c) Polizist   h) streng
    d) Abitur   i) verheiratet
    e) Deutschland j) Museum

Ü3B

Lara	Robby
c, d, (e), g, h	a, b, e, f, i, j

Kapitel 3
Ü4 **Berlin:** Bär, Fernsehturm, gelbe U-Bahn, Spree, Strandbar
    München: blaue U-Bahn, Isar, Frauenkirche, Mönch, surfen im Fluss
Ü5 a) r   c) f
    b) f   d) r
    Lara geht gern in eine Strandbar.
    Die Frauenkirche ist im Stadtzentrum.

Kapitel 4
Ü6 c)
Ü7 a) Profi   c) Wettkämpfe
    b) Trainer d) Internat, Leipzig

Kapitel 5
Ü8 1) b   2) e   3) f
    4) a   5) c   6) d
Ü9 1) e   2) b   3) d
    4) a   5) c

Kapitel 6
Ü10 a) Anton
    b) an Anton geschickt
    c) eine falsche Zahl getippt
    d) geht wahrscheinlich nicht mit Anton Kaffee trinken

Kapitel 7
Ü11 Beispielantwort:
    Sie will ihn nicht treffen.
Ü12A Hut, Stiefel, Rock
Ü12B Individuelle Lösung.

Kapitel 8
Ü13 a) Ich habe mir Sorgen gemacht.
    b) Die Sportschule hat abgesagt.
    c) Ich habe ihre Unterschrift gefälscht.
    d) Hat die Schule etwas gemerkt?
    e) Meine Mutter war total böse auf mich.
    f) Ich war so traurig.
    g) Ist dein Traum geplatzt?

Kapitel 9

Ü14A Carlo: b, e

Robbys Mutter: c, f, g

Ü14B 13. April: Fahrt nach Leipzig

14. April: Aufnahmeprüfung

in der Schule

15. April: Laras Geburtstag

Kapitel 10

Ü15 a) Zugfahrkarte

b) Montag

c) Kaffee

d) kennenlernen

e) Café

Notizen

Hörtext als MP3 unter www.cornelsen.de/daf-bibliothek:

Lara und Robby

Sprecher/innen:	Denis Abrahams (Ansagen), Helena Goebel (Lara), Roman Hemetsberger (Anton), Justin Reddig (Robby)
Regie und Aufnahmeleitung:	Susanne Kreutzer
Tontechnik:	Hüseyin Dönertaş
Studio:	Clarity Studio Berlin